Ce livre appartient à :

alexandre

....

Table des matières

Pour la présente édition :
© 2012 Les Éditions Pop jeunesse

Imprimé en Chine

Illustré par Mike Garton
Écrit par Melanie Joyce
Traduit par Catherine Girard-Audet

ISBN : 978-2-89690-224-8

Histoires
pour
les enfants
de 2 ans

LES ÉDITIONS POP JEUNESSE

Le jeu d'Annie

«Jouons à cache-cache, proposa le papa d'Annie. Je vais compter de un à dix et je promets de ne pas tricher ! 1, 2, 3, 4, 5, 6, 7, 8, 9, 10. »

Le papa d'Annie traversa doucement la pièce.
Il regarda derrière la porte, puis il jeta un coup d'œil
dans la penderie et sur le sol.

« Où te caches-tu, Annie ? » demanda-t-il.

Le papa ouvrit le coffre à jouets vert d'Annie, puis il regarda dans l'un de ses tiroirs remplis de vêtements et de chaussettes.

«Où peut-elle bien se trouver?» demanda son papa.
Il regarda ensuite sous son lit. «Annie ne se cache
pas ici», dit-il en se grattant la tête d'un air songeur.

Il se dirigea ensuite dans le couloir et regarda en bas de l'escalier. «Annie est très douée, dit-il, car je n'arrive pas à la trouver!»

C'est alors qu'il entendit un gloussement. Il se tourna
et aperçut quelqu'un gigoter et se tortiller sous la
couette du lit ! C'est de là que venait le ricanement !

Le papa d'Annie s'avança sur la pointe des pieds,
puis souleva rapidement la couette en criant : « BOUH ! »

Annie sursauta en criant.
« Je t'ai trouvée ! » lui dit son papa en riant.

« C'est à mon tour de me cacher, dit son papa. N'oublie pas : tu n'as pas le droit de tricher ! »

Annie s'installa pour compter gaiement de un à dix. « J'adore jouer à cache-cache ! Comme c'est amusant ! »

Le colis de Laura

Laura avait toujours peur lorsque le facteur venait déposer des lettres à la maison.

Il se penchait alors derrière la petite boîte aux lettres et laissait tomber le courrier dans l'entrée de la maison.

Il faisait ensuite grincer la barrière du jardin avant
de poursuivre son chemin. Laura entendait ensuite
ses pas lourds résonner sur le chemin en gravier tandis
qu'il continuait de distribuer le courrier.

Un matin, Laura réalisa que le facteur n'était pas
à l'heure. Soudain, elle entendit la barrière du jardin
grincer à l'extérieur.

Le facteur sonna à la porte et Laura fila se cacher.
Elle se glissa sous l'escalier de peur que sa maman
ne le laisse entrer.

Laura jeta un coup d'œil vers le facteur qui l'intimidait tant. Il était très grand et plutôt imposant.

Il tendit un colis à sa maman qui le déposa par terre en attendant.

Le facteur lui indiqua que le colis venait de l'autre bout de la Terre. «Le colis est pour toi, Laura, car aujourd'hui, c'est ton anniversaire!»

Laura ouvrit le colis et aperçut une jolie peluche que lui avait envoyée sa tante Emma. Comme le facteur avait pris la peine de le lui remettre en mains propres, la jeune fille le remercia.

18

Laura était très contente que le facteur soit venu lui porter son colis si gentiment. Elle lui dit donc au revoir en souriant. Elle avait eu tort d'avoir aussi peur, car son nouvel ami n'avait rien de terrifiant !

Billy et Joannie

Billy et Joannie adoraient la pluie. Ils la regardaient tomber doucement par la fenêtre.

« Pouvons-nous aller jouer dans les flaques d'eau ? » demanda Billy.

« Oui, lui répondit sa maman, mais vous devez d'abord enfiler vos imperméables et vos bottes de pluie. Évitez de sauter dans la boue et de revenir complètement trempés ! »

Une fois rendue à l'extérieur, Joannie aperçut une flaque d'eau et s'empressa d'y mettre les pieds. L'eau éclaboussa Billy et Joannie se mit aussitôt à rigoler.

Billy se donna ensuite un élan et sauta dans une grosse flaque d'eau boueuse qui éclaboussa Joannie. « C'est à mon tour, maintenant », dit-elle en sautant dans une autre flaque d'eau boueuse.

Mais la flaque était très profonde et l'eau commençait à s'infiltrer dans ses bottes de pluie et à lui geler les orteils.

« C'est froid ! » s'écria-t-elle.

Joannie se mit à secouer ses bottes de pluie d'un côté, puis de l'autre, mais elle les agita si fort qu'elle perdit pied et tomba à la renverse dans l'eau boueuse.

« Je suis trempé, dit Billy, et toi aussi, Joannie !
Je crois que nous avons assez joué dans l'eau pour
aujourd'hui. » Billy et Joannie se réfugièrent donc
à l'intérieur de la maison pour se réchauffer.

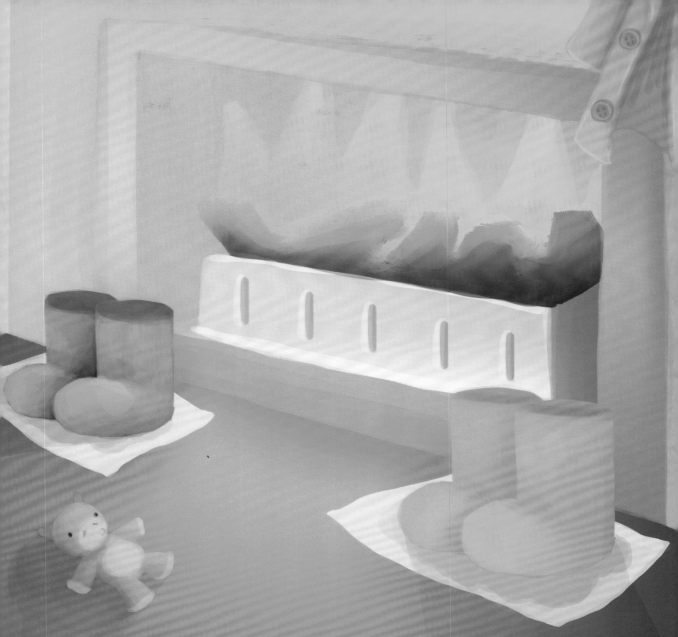

Leur maman leur offrit des petits gâteaux et de la limonade sucrée. «Nous aimons beaucoup la pluie, s'exclamèrent Billy et Joannie. Et nous adorons les flaques d'eau dans lesquelles nous pouvons sauter!»

27

Le ballon égaré

Tom et Léa avaient perdu leur gros ballon jaune.
Ils le cherchèrent aux quatre coins de la maison, puis
ils poursuivirent leurs recherches à l'extérieur.

Ils aperçurent alors un objet rond dans le potager.
« C'est notre ballon ! » s'exclama Tom. Il s'approcha
en reniflant. « Beurk, s'écria-t-il. Ce n'est qu'un vieux
chou qui sent mauvais. »

« Je vais jeter un coup d'œil dans la remise », dit Léa en scrutant les environs. La remise était plongée dans l'obscurité et débordait de toiles d'araignées.

Léa aperçut une araignée sur le bout de son nez.
«Pouah!» s'écria-t-elle en sautant de frayeur sur les outils de son papa. Ceux-ci s'entrechoquèrent et se mirent à résonner de façon cacophonique.

Léa s'enfuit de la remise en courant sur la pelouse.
Elle prit ensuite un élan et sauta par-dessus le muret
de pierres. Elle mit alors le pied sur un objet mou et
spongieux.

« C'est notre gros ballon jaune », s'exclama Tom.
« Bien joué, Léa ! Tu as réussi à le retrouver. »

Tom et Léa s'amusèrent avec leur ballon pendant tout l'après-midi. Ils le lancèrent contre la remise et le firent rebondir sur le mur.

Les deux amis couraient en rigolant. Ils étaient si heureux de pouvoir à nouveau s'amuser avec leur ballon jaune préféré.

Lisa n'aime pas les robes

La maman de Lisa organisait une fête. « Ta cousine Zoé arrivera plus tôt pour jouer, dit-elle à Lisa. Veux-tu enfiler une robe et de jolies chaussures pour célébrer ? »

«Je ne veux pas mettre de robe ni de jolies chaussures,
dit-elle en secouant la tête. Je veux grimper aux arbres en
portant ma vieille salopette!»

Sa cousine Zoé arriva à cet instant. Elle portait une robe étincelante à paillettes qui scintillaient comme des étoiles dorées. Elle avait même enfilé un bandeau pour ses cheveux ainsi que de jolis bracelets cliquetants qui résonnaient joyeusement.

Zoé s'avança sur la pointe des pieds. Lisa l'observa comme s'il s'agissait d'une ballerine ou d'une jolie fée.

Lisa se dit alors que Zoé était la plus magnifique de toutes les fées. «Je veux être comme toi, dit-elle. Tu es ma cousine préférée!»

« Je vais te montrer comment faire, lui dit Zoé. Tu n'as pas besoin de robe ni de chaussures dorées ! »

Lisa sourit aussitôt. « Montre-moi ! » lui dit-elle avec joie.

Zoé aida Lisa à choisir des vêtements, puis elle lui prêta son bandeau pour les cheveux et ses bracelets étincelants.

Lisa fut bientôt prête pour la fête.

Sa maman l'observa et lui sourit en l'embrassant. « Tu es très jolie, Lisa. Même lorsque tu portes une salopette ! »

Édouard ne veut pas dormir

C'était l'heure du dodo, mais Édouard ne voulait pas se mettre au lit.

« Je ne veux pas dormir, dit-il à son papa. Pas sans mon ourson Teddy. »

Ils fouillèrent la chambre de fond en comble pour retrouver l'ourson d'Édouard, mais Teddy ne se trouvait nulle part !

« Regarde qui je viens de trouver sous les draps, dit
alors son papa. J'ai retrouvé ton ourson. Il était déjà
dans le lit, prêt à dormir avec toi ! »

«Teddy! Comme je suis content de te retrouver, mon ami!» dit Édouard en le serrant contre lui.

Édouard dormait toujours mieux quand Teddy était auprès de lui.

«Bonne nuit, fiston! Bonne nuit, Teddy!» dit doucement son papa après les avoir bordés.

Mais personne ne lui répondit, car ils dormaient déjà à poings fermés.